Vente du Lundi 29 Décembre 1873

HOTEL DROUOT, SALLE N° 7

TABLEAUX

ANCIENS ET MODERNES

De différentes Écoles

DESSINS, AQUARELLES, GOUACHES

Terres cuites par SECTO et LENOIR

QUATRE TRÈS-BELLES TAPISSERIES

Représentant les guerres d'Alexandre

OBJETS DIVERS

EXPOSITION PUBLIQUE

Le Dimanche 28 Décembre 1873, de 2 heures à 5 heures 1/2.

Mᵉ ROUSSEAU	M. GEOFFROY
COMMISSᵃⁱʳᵉ-PRISEUR	EXPERT
Rue Rossini, n° 2.	Rue Bourdaloue, n° 5.

PARIS — 1873

CONDITIONS DE LA VENTE

———

Elle sera faite au comptant.

Les Acquéreurs paieront, en sus du prix d'adjudication CINQ POUR CENT, applicables aux frais.

L'Exposition mettant les Adjudicataires à même
de se rendre compte des énonciations que renferme
ce catalogue, il ne sera admis aucune réclamation
une fois l'adjudication prononcée.

DÉSIGNATION

DES

TABLEAUX

LE PRINCE (Jean-Baptiste)

1 — Joseph ayant ordonné à son intendant de faire chercher sa coupe, qui fût déposée par son ordre dans le bagage de ses frères, la trouva dans celui de Benjamin.

COURTOIS (J.), dit le BOURGUIGNON

2 — Combat entre cavaliers.

3 — Combat entre cavaliers. Pendant du précédent.

BARBIERI (J.-F.), dit GUERCHIN

4 — Saint Sébastien.

RIBÉRA (J.), dit l'ESPAGNOLET

5 — Vieillard vu à mi-corps.

DELAPORTE (ROLAND)

6 — Nature morte.

DELAPORTE (Mlle)

7 — Chat (Étude).

PÉLISSIER

8 — Nature morte.

VERDOEL (E.)

9 — Paysage : le Coup de vent.

FONTANA

10 — Entrée de forêt.

CALAME (A.)

11 — Chute d'eau.

MICHEL (Georges)

12 — Paysage boisé.

VINCELET (V.)

13 — Groupe de fleurs.

FYT

14 — Gibier mort.

VOLVIC (élève de M. Kuwasseg)

15 — Une Rue à Rouen.

16 — Faubourg des Buis, à Aurillac.

GILLET

17 — Environs d'Argenteuil.

Exposition de Versailles 1873.

18 — Marine : Vue de Londres.

MONFALLET

19 — Un Fumeur : Dragon de la reine.

DUPRON (G.)

20 — Marine : Effet du matin.

21 — Marine : Effet du soir.

DELAENGI (A.)

22 — Le Passage du pont.

23 — Paysage animé.

BOLANGER

24 — Marine : Port de Constantinople.

ANDRIEUX

25 — Types militaires.

BARON

26 — La Descente du château.

BEAUCÉ (A.-L.), hors concours.

27 — Avant-garde mexicaine.

GOTIER (V.)

28 — Paysage animé.

GRANET

29 — Intérieur.

GROBON

30 — Le galant Jardinier.

LEFRÈRE (G.)

31 — Paysage : Effet d'hiver.

KUYTENBROUVER (A. Martinus)

32 — Sous bois.

HONDT (L. de)

33 — Bataille.

Composition capitale de ce maître.

HUET (J.-B.)

34 — Le Passage du gué.

HUGUES

35 — Vénus et l'Amour.

SWAGERS

36 — Marine : Port marchand.

RESTOUT

37 — Vénus, Faune et Amour.

MORALÈS (Louis de)

38 — Sainte Face.

MOLINS (Auguste de)

39 — Paysage animé.

VALLIN (1823)

40 — Paysage animé.

VERNET (Horace)

41 — Le Boxeur.

INCONNU

42 — Le Déjeuner.

> Sur une table, un pâté et divers accessoires.

DYCK (Attribué à Van)

43 — Le Christ en croix.

GUIDO-RENI

44 — Le Sommeil de l'Amour.

RIBÉRA (J.), dit l'ESPAGNOLET

45 — La Méditation.

LEFÈVRE (A.)

46 — Les Adieux.

COURTOIS (J.), dit le BOURGUIGNON

47 — Choc de cavalerie.

48 — Choc de cavalerie. Pendant du précédent.

ARMET (J.)|

49 — La Bonne aventure.

E. W. (Genre de Detouche)

50 — Le Sommeil interrompu.

MÉLICOURT (Lefébre)

51 — Le dernier Voyage.

WATTEAU (D'ap.)

52 — Pierrot, Arlequin, Colombine.

DESPRÈS

53 — Chasse dans la forêt de Compiègne.

54 — Chasse dans la forêt de Compiègne. Pendant du précédent.

GUIBERT D'ANELLE

55 — Après le bain.

KERKOVE (J. Van de)

56 — Ruines d'un Puits, vue prise d'après nature,
à Breteuil.

CASEY (Daniel)

57 — Chasse au cerf.

GAILLY (de), d'après Le Prince

58 — Paysage avec chute d'eau.

59 — L'Abreuvoir, d'après Ruïsdael.

60 — Vue prise en Dauphiné.

ASSELYN

61 — Paysage montueux : site d'Italie.

DESSINS, AQUARELLES

62 — GREUZE (J.-B.). Tête de jeune fille (Pastel).

63 — SWEBACH. Combat entre cavaliers.

64 — VIGÉE-LEBRUN (Mme). Jeux d'enfants.

65 — AMAND. Femme et Enfants et Ruines.

66 — BOISSIEU. Tête de Vieillard.

67 — DYCK (Van). Le Christ mort.
   Charmante esquisse peinte. Collection Moutmerqué.

68 — BLONDEL. Le Maquignon.

69 — DEVÉRIA. Les Mendiants.

70 — GÉRICAULT. Étude de chevaux.

71 — PAGÈS (Mlle). Son Portrait.

72 — ROUSSEAU (Théodore). Paysage.

73 — VEUHER. Le Sport.

74 — PRUDHON. Tête d'homme (Étude).

75 —   ID.   Vénus et les Amours.

76 — DELACROIX (Eugène). Combat de Grecs et
      Turcs.

77 — L'ENFANT DE METZ. La Pipe à grand-papa.

78 — TROYON. Paysage.

79 — LE PRINCE. La Sultane.

80 — ÉCOLE FRANÇAISE. Offrande à l'Amour.

81 —   ID.   Pendant du précédent.

82 — COIGNET (J.). Paysage.

83 — DECAMPS. Cour de ferme.

84 — BOUCHER (École de). Après le bain.

85 — NETZCHER. Portrait de jeune femme.

86 — POUSSIN (Le). Paysage.

87 — RIOULT. Les Délices de l'été.

88 — HERVIER. Le Moulin rouge.

89 — MONTANT (De). La petite Vivandière.

90 — ALBANE (L'). Jeux d'Amours.

TERRES CUITES

91 — SECTO. Bouquets de fleurs.

92 — ID. L'Italiennne.

93 — ID. Le petit Pêcheur.

94 — LENOIR. Psyché et l'Amour.

95 — ID. Vénus et l'Amour.

96 — ID. Bacchanale.

97 — ID. Faune rieur.

98 — ID. La Famille d'Adam.

99 — ID. Le Vainqueur couronné.

100 — ID. Idylle.

101 — ID. Repos de Diane.

102 — ID. Confidence.

103 — **Lenoir.** Léda.

104 —   **Id.**   Nymphe et Satyre (Bas-relief).

105 —   **Id.**   Eve.

106 —   **Id.**   Deux Vases (Style Renaissance).

107 —   **Id.**   La Famille du Satyre, d'après Clodion.

———

TAPISSERIES

108 — Sous ce numéro seront vendues quatre grandes Tapisseries :

1° Entrée d'Alexandre à Babylone.
H. 3 m. L. 4 m. 85 c.

2° Darius implorant la clémence d'Alexandre.
H. 3 m. L. 3 m.

3° Mort de Darius.
H. 3 m. L. 2 m. 35 c.

4° Alexandre en pied.
H. 3 m. L. 1 m. 55 c.

———

109 — Sous ce numéro seront vendus les Tableaux et Objets divers omis au présent Catalogue.

Vᵉˢ Renou, Maulde et Cock, imprˢ de la Cⁱᵉ des Commissaires-Priseurs, rue de Rivoli, 144.   39073